Il Killer delle Ossa:

Un Thriller Elettrizzante di Suspense e Mistero

Gian Marcos

Per Ale che ha cambiato il mio mondo.

Per Ale che ha cambiato il mio mondo.

"Dicono che ho versato sangue innocente... ma a cosa serve il sangue se non deve essere versato?
Candyman

Prefazione

Si trattava di un'auto non contrassegnata, una Nissan Sentra nera con qualche decennio di vita, proprio nel mezzo del parcheggio del più grande centro commerciale di Columbia Washington. Intorno ad essa si vedevano decine di agenti di polizia che delimitavano l'area con del nastro giallo. Da lontano si poteva pensare che si trattasse di un omicidio come tanti, ma lo stupore sui volti di alcuni detective nelle vicinanze indicava che si trattava di qualcosa di più sinistro di un semplice omicidio.

Indice

Panico

Washington D.C. 12 novembre 6:12.

Era un'automobile senza segni distintivi, una Nissan Sentra nera un po' datata, proprio nel mezzo del parcheggio del centro commerciale più grande di Columbia Washington. Intorno si potevano vedere decine di agenti di polizia che delimitavano l'area con nastri gialli. Da lontano, si poteva pensare che si trattasse di un altro omicidio, ma lo stupore sui volti di alcuni detective vicini indicava che aveva a che fare con qualcosa di più sinistro di un semplice omicidio.

-Oh, santo cielo! Credo che mi sentirò male", disse l'agente Tom Logan a mezzo metro dal cadavere femminile all'interno della Nissan. A lato, l'ispettore capo Richard Martel stava tracciando deduzioni e esaminando parti dell'auto, come se cercasse di visualizzare l'intera scena.

-Chiunque abbia commesso questa brutalità è al di là dell'odio", ha commentato, allontanandosi immediatamente verso il retro dell'auto mentre arrivava Lisa Owen, capo del dipartimento di criminologia forense.

- Bene, finalmente siete qui", mormorò l'ispettore, "vi stavamo aspettando, non potevamo andarcene senza che faceste il vostro lavoro.

Lo salutò e fece una faccia truce mentre avanzava verso la Nissan a una decina di metri di distanza, poi esclamò - è stata una notte faticosa per il secondo turno, ha appena lasciato un'altra scena del crimine, e....

Richard trovò troppo forte lo shock che vide sul volto di Owen mentre passava in mezzo agli agenti che accompagnavano Tom. Naturalmente non si trattava di una reazione normale, perché, sebbene il corpo della donna avesse un aspetto terribile, Lisa aveva più di sei anni di esperienza e questo non avrebbe dovuto metterla in quelle condizioni, ma ciò che espresse immediatamente lasciò sbigottiti i due ispettori.

-Non può essere", disse con tono deciso. -Cosa sta succedendo? -Alle sue spalle si levò un coro immediato, mentre dall'altra parte del veicolo gli assistenti forensi si davano da fare per raccogliere le prove intorno a loro.

-Indubbiamente, la ragazza che è stata uccisa sotto il ponte da cui provengo ha gli stessi segni di tortura sul corpo... e vedo che è stata uccisa nello stesso modo atroce e crudele.

-Quando sono arrivato in ufficio mi è stato riferito di un omicidio nella zona ovest, l'ispettore Mark è il colpevole, ma non avrei mai immaginato che..." commentò Richard senza finire la frase.

-Tutto fa pensare a... un serial killer", disse Tom con esitazione.

-È troppo presto per dirlo, vedremo", ha risposto Lisa, ordinando a tutti gli agenti di polizia e agli ispettori di stare indietro e di lasciarli lavorare.

Richard e la sua compagnia rimasero fuori dal cerchio di nastri gialli, in attesa che la scienziata forense e il suo team raccogliessero le prove più evidenti per fornire eventuali indizi sugli autori di questo insolito crimine, poi in laboratorio avrebbero controllato a fondo il veicolo.

All'interno della vecchia auto si intravedeva un corpo femminile nudo, legato da capo a piedi, con strani segni su tutto il corpo, come se fossero stati inflitti da qualche tipo di carboni ardenti e tagli di coltello. Il collo era completamente spezzato all'indietro. Il volto, sebbene tumefatto, portava ancora l'orrore indescrivibile delle umiliazioni e delle torture inflitte dall'assassino. Sebbene portasse tracce di torture e smembramenti, a prima vista c'era qualcosa di insolito: un'asta metallica che la trafiggeva analmente e sporgeva di qualche centimetro dal lato della bocca. Era una scena agghiacciante, rara nella storia della città, figuriamoci per l'ispettore Richard e il suo collega.

-Ha qualche idea, capo?", disse Tom Logan, un agente di polizia di 33 anni che sembrava già più tranquillo dopo una prima impressione così inaspettata. Richard non rispose a parole, si limitò a scuotere leggermente la testa, mentre i suoi pensieri si mettevano in moto, chiedendosi e rispondendosi nella sua mente come risolvere questo caso misterioso e dall'aspetto difficile. Due morti nello stesso modo indicavano che non si trattava di un semplice omicidio dovuto a una rapina o a un regolamento di conti per denaro, perché, per esperienza, di solito non si fa questo alle persone per motivi di quella natura. Tuttavia, poteva anche essere il prodotto di una mente malata, ma questo era il nocciolo del caso.

-Dobbiamo risolvere questo caso, altrimenti la pressione sarà sulle nostre teste", commentò improvvisamente l'ispettore Tom, e un altro agente sul lato sinistro, che prendeva appunti protocollari, annuì. Poi Richard aggiunse.

-Non per niente siamo nella città più importante del mondo e nel settore che coinvolge la Casa Bianca e il Presidente, e sapete, se continuano a verificarsi casi come questo, tra qualche giorno le nostre teste saranno in televisione a spiegare perché non riusciamo a trovare il responsabile. Spero solo che il dottor Owen possa darci qualche indizio, anche se....

Proprio mentre stava per terminare la sua tesi, una chiamata dal suo cellulare lo interruppe improvvisamente; rispose immediatamente e si sentì una voce sconosciuta che sussurrava una frase: "So chi è, è lui... So chi è, è lui...". Prima che potesse rispondere, lo sconosciuto riattaccò, lasciando il detective sbigottito.

-Che succede? Non dirmi che è Dilan il capo", chiese il suo compagno, che scosse la testa.

- Allora perché fai quella faccia? Non dirmi che la tua ragazza ti ha rimproverato così presto al mattino.

-No, no, non è niente del genere... Non ci crederai", rispose mentre saliva e si soffermava a guardare dove si trovava la scientifica, poi rispose seccamente, guardando Tom. - Una chiamata da una voce maschile che sa chi è.

-Ma come fa a conoscere il numero..." commentò Logan, lanciando un'occhiata fugace verso il viale di centinaia di auto che probabilmente si stavano dirigendo al lavoro. Come se in qualche modo pensasse che l'assassino, o chiunque fosse, che aveva chiamato il suo collega, fosse lì in mezzo all'ingorgo a pedinarli. Anche se, a dire il vero, era solo un'idea priva di fondamento.

-Non lo so..., ma dobbiamo portare questo telefono al reparto informatico, anche se è un numero privato, Bobby lo specialista in questo saprà almeno da dove proviene la chiamata. Penso che dobbiamo andare, e poi il dottore ci manderà il rapporto se ci sono novità o lo esamineremo.

Tom ha annuito e i due hanno immediatamente allertato il medico legale e dato ordine ad alcuni dei loro agenti subordinati di seguire la scena del crimine.

Non c'era molto da pensare, doveva agire immediatamente, perché oltre a dedurre che quelle morti femminili potevano essere un regolamento di conti per denaro o droga, il modo in cui erano state eseguite poteva anche indicare che poteva essere il prodotto di uno psicopatico nel settore sud della città in cui si trovavano; la zona più importante per ciò che riguardava il Campidoglio, La Casablanca e El Congreso. E se la cosa si fosse diffusa, ci sarebbe stata molta pressione sull'area investigativa della polizia che Richard rappresentava in quella zona. Inoltre, la cosa non gli andava a genio, perché aveva intenzione di lottare per un seggio al Senato dello Stato della Columbia nella Camera del Congresso, e se il caso non fosse stato risolto al più presto avrebbe potuto avere ripercussioni sul pubblico scrutinio.

Richard, 38 anni, era un ex militare decorato che era passato dalle missioni strategiche nell'esercito alle forze di polizia all'età di 27 anni, e nei dieci anni successivi si era fatto un nome sul campo per la sua capacità di risolvere i casi e mantenere la città relativamente sicura. L'insolito delitto delle due donne ha messo in allarme la polizia che rappresentava, perché in tutta la città si verificava un solo omicidio ogni tre giorni. Una media di 180 all'anno. Ma il modo in cui sono state eseguite e la distanza ravvicinata di tre chilometri che le separava hanno dato molti spunti di riflessione.

Ufficio centrale di intelligence informatica del Columbia Corps Washington 13 novembre 11:24 AM

Spero che abbiate buone notizie per me", disse Martel, appoggiato al bancone della reception dell'area di intelligence informatica di cui era responsabile il quarantacinquenne Bobby, che era già dall'altra parte ad aspettarli e disse loro di passare attraverso una porta di vetro temperato, poi entrambi i colleghi lo seguirono nel suo ufficio, qualche metro più avanti. Prima di sedersi alla sua grande scrivania ovale, disse: "Sono contento che siate qui, è da un po' che non venite, venite! Si sieda, ho delle informazioni interessanti sul telefono che ha lasciato ieri.

Martel e Owen presero posto, un po' ansiosi di conoscere l'origine della misteriosa telefonata che poteva essere collegata al fatidico crimine perpetrato la sera prima.

-Qualcosa di un po' insolito Richard", commentò Bobby mentre analizzava alcuni dati su una serie di computer di fronte a lui, e poi disse: "La persona che ha chiamato il tuo numero, secondo i dati registrati sul tuo cellulare, proveniva esattamente dal telefono pubblico n. 424 che si trova a 65 metri dalla Cattedrale Nazionale di Washington... stiamo parlando di circa quindici minuti di distanza".

-Curioso, pensi che possa essere lui l'assassino? -chiese Logan senza specificare chi.

-Non lo so, è il tuo lavoro", rispose Bobby con il tono scherzoso che era solito portare con sé.

-È stato attento perché non sono passati più di dodici secondi, aveva paura di essere rintracciato. -ha aggiunto l'informatico ed esperto di sicurezza informatica.

-Allora non abbiamo nulla di concreto", ha detto Richard con un tono prevedibile.

-No, no, ho qualcosa di meglio", rispose indicando un enorme schermo alle spalle dei due ispettori, che si piegarono per vedere cosa c'era sullo schermo.

-Chi è? -chiese Logan.

-Quello che ha fatto la telefonata", rispose l'ingegnere.

-Cosa! - esclamò Richard.

-È molto tipico in casi come questo che le persone coinvolte usino i telefoni a pagamento, quindi per ovvie ragioni ho consultato le telecamere nella zona da cui proveniva la chiamata, e c'era solo quella, il telefono a pagamento n. 424... e per ovvie ragioni proprio di fronte alla Washington National Church c'era una telecamera di sorveglianza e..., sfortunatamente come si può vedere nel video si vede solo la sua schiena sfocata, perché quel grande albero di fronte alla telecamera ha evitato che venisse identificato completamente", ha detto.

-Almeno sappiamo che è un uomo di mezza età dalla sua corporatura", ha aggiunto Logan.

Richard lo guardò e continuò: "del...gado, pelle bianca, non abbiamo molto, ma, peggio di niente, -grazie! prenderemo comunque il rapporto, e il video lo mandi all'ufficio postale", disse mentre si alzava e prendeva il documento per dirigersi verso l'uscita, Logan batté il pugno a Bobby mentre scherzava con lui e se ne andava.

Anche se non era molto per aiutarli a identificare rapidamente l'assassino, sapevano che era peggio di niente, quindi si diressero immediatamente al dipartimento di medicina legale dove la dottoressa Lisa li aveva chiamati per dare loro la notizia in modo che potessero iniziare a mettere insieme il caso.

Dipartimento di scienze forensi della polizia di Columbia Washington 12:00

Senza nessun altro oltre a lei, nel mezzo di quell'enorme struttura in cui si potevano osservare tutti i tipi di apparecchiature scientifiche e oggetti per analisi e sperimentazioni, Lisa Owen li stava aspettando con un'espressione un po' frustrata sul volto. Forse, a causa delle poche prove fornite dal cadavere.

Lisa Owen era a capo del dipartimento di scienze forensi della polizia di Columbia da sei anni, ma era al timone solo da un anno quando aveva compiuto trentatré anni. Richard si avvicinò e la salutò a voce, Owen fece lo stesso. Lei camminava con il suo caratteristico cappellino, gli occhiali in testa e un completo completamente bianco, tipico degli scienziati forensi.

-Cos'ha per noi, dottore? -Richard ruppe il ghiaccio con un tono di voce un po' indifferente, ma Lisa era abituata a tipi come lui che non erano di suo gradimento a causa della storia nera della reputazione di giustiziarli prima di arrestarli. Anche se si trattava di una pura leggenda su di lui senza alcuna prova. Lisa non ha mai voluto essere amica di Martel quando, anni prima, gli era stato presentato che avrebbero lavorato insieme e si sarebbero sempre visti sulle scene del crimine. Nonostante la fedina penale sporca, ciò che non le piaceva di più era il suo tono di voce e il suo comportamento rozzo, trasandato e scostante, anche se non aveva altra scelta che fare il suo dovere. Tuttavia, forse la sua principale apatia nei suoi confronti era dovuta in primo luogo al fatto che, quando si erano incontrati per la prima volta, lui voleva fare amicizia con lei in qualche modo al di là dell'aspetto professionale, e lei lo aveva fermato, e da quei giorni poteva aspettarsi una certa animosità, da cui la freddezza dei suoi modi. Tuttavia, per lei questo valeva come formaggio.

-La persona che l'ha compiuto era troppo intelligente per lasciare solo una traccia. -disse il medico legale, mentre i due detective si guardavano perplessi per ascoltare il resto. Poi fece una pausa e si diresse verso alcuni armadietti in fondo, ne tirò fuori uno e tornò indietro, leggendo subito il rapporto, con una certa sorpresa per Richard.

-La ragazza si chiamava Karla Davison, aveva 28 anni, era una madre single e lavorava al McDonald's all'angolo di Omega Street nel turno di notte. Così, su mia deduzione, da qualche parte tra Omega Street e la Maret School, dove c'è un tratto solitario di almeno 300 metri sotto un ponte, è stata aggredita. Qualcuno l'ha imbavagliata e colpita nell'area parietale... Stava percorrendo quel tratto perché la sua casa si trovava a 600 metri dal locale e quella era l'area in cui stava camminando secondo la sua carta d'identità. Ha riportato una forte contusione nella zona parietale, ma non è in pericolo di vita. Per deduzione, l'aggressore la voleva viva, quindi si è assicurato di farle perdere i sensi. Quello che ha fatto dopo è stato terribile..." ha aggiunto con una leggera pausa, ha passato un po' di saliva e poi ha continuato, "è stata violentata analmente e vaginalmente, ma non è finita lì, le due ragazze si sono presentate allo stesso modo, nella stessa notte entrambe hanno avuto la maggior parte dei denti anteriori rimossi a forza con una pinzetta, non avendone abbastanza, il malato o chi per lui le ha tagliato i capezzoli, ha presentato lividi ed ecchimosi sulle cosce, sulle braccia e sul collo... è superfluo presentare di nuovo il cadavere. Una volta è stata violentata; è stata torturata con un oggetto metallico a centinaia di gradi centigradi che le è stato inserito a pochi centimetri dalla vagina.

-Non voglio sentire tutto", disse Richard un po' disperato, gli interessava solo la prova, anche se era un protocollo, secondo lui non serviva a trovare il sospettato. - Sbrigati Lisa, dobbiamo andare", aggiunse un po' arrabbiato.

-Sono le regole, detective", rispose in tono sprezzante.

-Andiamo, finisci! - rispose, un po' infastidito interiormente. Non gli piaceva essere contraddetto, ma non aveva giurisdizione nel campo della scienza forense. Nonostante fosse rispettato, doveva attenersi alle regole.

-Dopo averle torturate, sembra che le abbia strangolate e che abbia spezzato loro il collo, probabilmente torcendole, tanto da frantumare le vertebre c7 nella zona del collo. Ha poi dedotto che, a causa dell'eccesso di liquido trovato nella cavità vaginale, il soggetto ha introdotto un tubo d'acqua pressurizzato, probabilmente allo scopo di eliminare le tracce di liquido seminale che erano state lasciate. Il degenerato non si è nemmeno preoccupato di usare un preservativo. Ha poi pulito il corpo perché sono state trovate tracce di etile in diverse zone del corpo. Infine, non contento delle atrocità, ha inserito un'asta di metallo rovente attraverso l'ano mentre giacevano senza vita, finché non ha trovato l'apertura attraverso la bocca: entrambe le donne hanno sofferto come mai prima. Non abbiamo trovato pelle o tracce di sperma del colpevole, ma un crimine non è mai perfetto, perché fortunatamente abbiamo trovato una ciocca di capelli castani, probabilmente provenienti dall'assassino", ha concluso, lasciando di stucco entrambi gli investigatori. Erano sicuri di una cosa: il responsabile era un figlio di puttana e dovevano dargli la caccia a tutti i costi.

-Bene", esclamò Richard, stringendo leggermente il pugno, già ansioso di prendere il bastardo e di guadagnare punti per la sua campagna che si sarebbe svolta sicuramente nell'estate del prossimo anno. Sicuramente, grazie alla sua reputazione in città nel campo della sicurezza, avrebbe vinto facilmente.

-E cosa possiamo farci con un capello! Non credo che ci sia molto da fare", esclamò infastidito, solo per prendere le distanze, sapeva che era suo compito trovare altri indizi reali, così lasciarono il dipartimento scientifico con il DNI di Karla, l'impiegata del McDonald's, perché non c'era nessuna traccia dell'altra donna giustiziata e nessuna informazione da parte dei parenti. Quello che il medico non le disse allora è che nelle prossime ore avrebbero lavorato con alcuni colleghi chimici per analizzare l'origine e l'età delle ciocche di capelli, oltre a confrontarle con la banca del DNA di detenuti ed ex detenuti di tutto il Paese per vedere se qualcuna di esse corrispondeva. Quindi, se fossero stati fortunati, avrebbero potuto dedurre la fascia d'età, il sesso e alcune informazioni aggiuntive che avrebbero aiutato a confermare l'esistenza di eventuali sospetti e a confrontare il DNA. Speravo solo che il corpo degli ispettori e dei detective trovasse qualcos'altro.

Prevedibilmente, la notizia si diffuse a macchia d'olio in tutto il Distretto di Columbia, causando scompiglio e panico. Il rapporto del capo della sicurezza pubblica locale John Spencer in un primo momento parlò alla stampa: "che si trattava di un regolamento di conti tra gangster", ma ovviamente questo fu rapidamente modificato dalla pressione dei parenti di Karla Davison che si appellarono al fatto che ciò era totalmente falso e che si trattava di un maniaco psicopatico che le aveva tolto la vita perché la guardava inerme mentre tornava a casa dal lavoro a circa 600 metri da casa sua. Le rimostranze della famiglia Davison al consiglio e all'organo di vigilanza non si sono fatte attendere, sostenendo che avevano infangato la reputazione e l'onore della loro famiglia attribuendogli cose che non avevano nulla a che fare con la loro figlia. Qualche ora dopo, al telegiornale delle 21.00, il capo della sicurezza della Columbia, John Spencer, è stato rimosso dal suo incarico. La versione ufficiale era che le due ragazze, Karla Davison, una madre single di 28 anni e cassiera al McDonald's di Omega Street, e una senzatetto di 24 anni di nome Ana, erano state brutalmente uccise nella notte di giovedì 11 novembre da un aggressore sconosciuto, che finora non c'erano notizie concrete sull'autore del delitto, ma che erano in corso indagini per trovare il presunto assassino. Nelle ore successive l'euforia e il panico collettivo sono stati tali che lo stesso presidente degli Stati Uniti, Bill Lambert, ha pronunciato alcune parole per placare la psicosi collettiva, condannando un atto così crudele e promettendo che i responsabili sarebbero stati puniti in tutta la misura della legge.

La ricerca

11:04 Residenza Davison a 600 metri dal luogo in cui forse è scomparsa Karla Davison.

Nella piccola residenza dei Davison regnava un'atmosfera di malinconia e tristezza. Erano già passati dal dolore e dalla disperazione a una dolorosa rassegnazione. La madre di Karla giaceva al centro del soggiorno abbracciata al marito. I detective Richard Martel e Tom Logan stavano iniziando l'interrogatorio per scoprire tutto sulla figlia e dare almeno un indizio su dove indirizzare le indagini. D'altra parte, a un paio di chilometri di distanza dal luogo in cui era stata trovata l'altra ragazza che sembrava essere una senzatetto, l'ispettore della Omicidi Mark stava indagando sotto i ponti per ottenere qualche informazione in più sulla defunta e sul motivo per cui era stata brutalmente uccisa, e su quale relazione potesse avere con Karla Davison. Ma è improbabile che riesca a trovare qualcosa.

-Signora Belly, ci dispiace molto per la perdita di sua figlia. Non vogliamo essere impertinenti, vogliamo solo fare giustizia per sua figlia. Quindi, qualsiasi cosa pensiate o crediate possa aiutare a risolvere il crimine, non nascondete nulla", disse Richard scambiando uno sguardo con il padre di Karla. Entrambi annuirono in segno di approvazione e poi procedettero con l'interrogatorio, assicurandosi di annotare tutto ciò che era importante...

-Ci parli un po' di sua figlia, la signora Belly.

-Non so come iniziare, detective", rispose con voce malinconica.

-Sappiamo che era una madre single, sa se aveva una relazione sentimentale?

-No, no", rispose il padre con decisione, mentre entrambi i detective lo guardavano stupiti per l'insolita reazione che a tratti aveva una sfumatura di rabbia.

-No, mia figlia non ha mai avuto una relazione sentimentale da quando ha lasciato il suo ex, un pigro bastardo, e lui è stato l'unico che ha avuto. Non era una donna che andava in giro con l'uno o con l'altro come fa la maggior parte della gente", dichiarò, facendo una pausa leggermente agitata e poi continuò, "era una brava donna, non so perché un maledetto bastardo abbia fatto questo alla mia bambina.

Richard guardò Tom con un certo stupore per la scena energica che era lecito aspettarsi dal signor Peterson, che sembrava giusto come i pastori che condannano i peccatori. - lu... ego ha lasciato quel barbone ed è venuto a vivere con noi?

-Può darci il nome e l'indirizzo dell'ex marito di sua figlia?", chiese Logan annotandolo su un taccuino.

— Quindi Brandon Brown vive in High Street, dall'altra parte della città, giusto?

— Entrambi scossero la testa, anche se a dire il vero era quello di cui il signor Peterson sospettava meno, perché Brandon, pur essendo un fannullone, non lo riteneva capace di una simile ferocia. Non era mai stato noto per essere violento o geloso, anzi, il motivo della separazione era l'infedeltà da parte sua, quindi per ovvie ragioni i suoceri non sospettavano di lui. Tuttavia, la linea investigativa era aperta a diversi sospetti.

— Amici che avete visitato...?

— Nessun detective, mia figlia non usciva da nessuna parte, andava dal lavoro a casa e da casa al lavoro. Passava solo il tempo con la bambina e nient'altro", sussurrò la madre, il marito la interruppe e aggiunse: "Era timida, non abbiamo in mente nessuno che voglia fare del male a mia figlia, andava d'accordo con tutti e non si è mai messa nei guai". - Lei disse, poi i suoi occhi brillarono di sentimento, e Logan fece la domanda successiva, e poi un'altra e un'altra ancora:

— Ci sono debiti o nemici in famiglia?

— No no, siamo una famiglia religiosa e non abbiamo mai avuto problemi con nessuno o con i debiti, quindi niente del genere.

— Capisco il signor Peterson. Qualsiasi membro della famiglia che abbia avuto contatti con Karla nelle ultime ore o...

— Tutta la nostra famiglia vive ad Austin in Texas, non abbiamo nessuno qui", ha risposto la signora Belly.

In quel momento Richard sapeva che queste informazioni sarebbero state sufficienti e che, con il progredire delle indagini, se ne avessero avuto bisogno, sarebbero tornati a cercare altre informazioni. Così si avviarono immediatamente verso il McDonald's dove Karla Davison aveva lavorato negli ultimi due anni, per raccogliere informazioni e costruire un caso più solido.

Da qualche parte a Columbia Washington, all'interno di un'auto in movimento.

-Ciao Bobby.

-Cosa c'è Richard? Hanno trovato qualcosa.

-Non ancora, ma vorrei chiederle una cosa: può controllare se ci sono telecamere in Omega Street e nella Maret School, probabilmente dove Karla è stata aggredita... Proprio in quella zona c'è un ponte enorme e un tratto di strada che lei percorreva ogni giorno per andare al lavoro.

-Naturalmente, vi farò sapere tra qualche ora se ho trovato qualcosa.

-Grazie amico, ti devo un favore", commentò Martel girando l'angolo e arrivando al famoso fast food. Un'ora dopo aver intervistato la maggior parte delle persone del turno di notte in cui lavorava Karla, se ne andarono un po' delusi. Ma non prima di aver percorso la stessa distanza che Karla aveva percorso due giorni prima. Quindi, sebbene stanchi, avrebbero avuto l'opportunità di percorrere lo stesso tragitto che la 28enne aveva percorso prima di essere uccisa.

-Siamo bloccati", brontolò Logan tirando fuori una sigaretta e accendendola, visibilmente un po' stressato. -Non c'è molto da fare, a parte quei capelli che ci portano al colpevole. Speriamo che Bobby abbia qualcosa per noi.

-La ragazza è uscita alle 6:30... per dove siamo ora deve essere arrivata alle 6:40, sono circa 500 metri da qui a quella strada in fondo dove si trova il suo quartiere. Quindi questa zona solitaria sotto questo ponte è probabilmente il luogo in cui è stata aggredita da qualcuno", commentò il detective, guardandosi intorno alla convergenza di due strade che non erano molto trafficate a quell'ora del giorno, figuriamoci a notte fonda. Si girò dappertutto per cercare qualche indizio che gli desse almeno qualcosa per proseguire le indagini.

- È un uomo di mezza età, molto probabilmente uno stupratore pazzo", accennò Logan al suo fianco.

-Siamo bloccati, ma non riesco a trovare altra spiegazione se non che il tizio l'abbia aggredita qui, tra questo tratto, come ha detto il medico legale", borbottò Richard mentre percorreva un buon tratto sotto il ponte e giungeva in un altro viale dove c'era molto traffico, e dove sarebbe stato improbabile che alle 18:46, che probabilmente era il tempo impiegato dalla ragazza per arrivare dal McDonald's all'incrocio del viale, fosse stata scippata da un'auto in movimento. Un'ipotesi che hanno scartato perché quella sera si sono recati nello stesso posto per controllare il traffico e in effetti era troppo tardi perché qualcuno potesse accorgersi di un rapimento.

Alle 14:13 del terzo giorno a casa di Brandon Brown, ex marito di Karla Davison.

-Dannazione! Bobby non ha trovato nessuna telecamera di sicurezza nella zona, né alcun sospetto che uscisse da quell'incrocio di strade dove si trovava l'ultima telecamera che è passata e che ha registrato tutto quel giorno appena fuori dal viale..." disse Richard mentre sfrecciava lungo la High Street a est della città.

-È più complicato di quanto pensassi", rispose il suo interlocutore con un'occhiata di traverso mentre accendeva la radio, e di sicuro la stessa notizia su Karla Davison rimbombava sui 98.3 del mattino: "Altre notizie, secondo il dipartimento di polizia, la ragazza è stata uccisa nelle prime ore del 12 novembre, secondo il procuratore ci sono diversi filoni d'indagine..."

-Rimetti a posto quella merda, per favore! - rispose Richard con lo sguardo dritto davanti a sé, "le linee di indagine, non vedi che non riusciamo a fare progressi e quel nuovo procuratore figlio di puttana ci mette sempre il naso".

Logan annuì e sorrise, accendendo una sigaretta e passando alla stazione 98.4, dove era in onda la canzone degli Scorpion "Wind Of Change".

-Così va molto meglio", aggiunse il capo mentre svoltava sull'ottava strada per San Bernardino Street, dove avrebbe dovuto trovarsi Brandon Brown, l'ex di Karla Davison, ma proprio mentre lo faceva una chiamata via radio dall'agente subordinato Mark, dall'altra parte della città, lo stordì.

-Ehi, Richard, non ci crederai, ma...
-Dimmi, cosa c'è adesso, amico? - rispose mentre Logan abbassava la musica.
-Due corpi con le stesse sembianze di due giorni fa sono stati ritrovati poche ore fa... pare che siano stati abbandonati nelle prime ore del mattino, un senzatetto li ha trovati sotto il ponte, poi la gente ha chiamato la polizia, eccomi sulla scena con il dottor Owen e compagnia.
-Santo cielo", rispose l'ispettore capo mentre fermava l'auto e si immetteva nella strada. Gli venne in mente qualcosa e, invece di arrivare alla residenza del giovane Brandon Brown come previsto, tornò indietro. Sapeva che l'assassino, chiunque fosse, non era quel disgraziato, doveva essere qualcun altro e le indagini avrebbero dovuto essere indirizzate altrove.
Il fatto è che, in assenza di indizi che portassero al colpevole, il caso stava diventando piuttosto difficile, quasi una situazione di stallo, e soprattutto a causa delle pressioni esercitate dalle alte

sfere. Tuttavia, era in parte un bene che continuasse a uccidere, perché prima o poi avrebbe lasciato una traccia chiara, se non l'aveva già lasciata. La cosa più inquietante per Richard era che l'assassino uccideva solo giovani donne, quindi si trattava senza dubbio di un maniaco sessuale, ma chiunque fosse il colpevole, avrebbe dovuto essere arrestato nelle prossime ore, altrimenti, a causa del modo di procedere del procuratore della sicurezza interna, le loro teste sarebbero saltate. A questo punto, diverse stazioni di polizia e di analisi forense stavano svolgendo analisi e indagini, facendo del loro meglio per trovare il criminale che stava causando questa ondata di omicidi inquietanti e sadici.

Le notizie non tardarono ad arrivare e risuonarono con maggiore intensità quella stessa notte nello Stato, anche il caso di Karla Davison si raffreddò per lasciare il posto al successivo macabro caso di due giovani donne, una, Sophie, 17 anni, e l'altra, Monica, 23 anni, entrambe assassinate a due chilometri di distanza l'una dall'altra e ugualmente ammanettate con un cavo nero da lampione e brutalmente torturate con lo stesso tono di supplizio delle due prime vittime, dove si vedeva un'asta metallica che le trafiggeva analmente fino a raggiungere la bocca. In nessuno dei due casi, questa volta, le auto sono state lasciate. Probabilmente l'assassino ha raggiunto entrambi i luoghi in auto e ha lasciato i cadaveri come se volesse sfidare la giustizia a trovarlo, se ci riuscisse.

Non c'era nulla, non erano nemmeno riusciti a rintracciare lo strano tipo che li aveva chiamati il primo giorno dell'intero caso. Ma, proprio quella sera, nella residenza di Richard nel suo quartiere di Annandale, nella zona ovest della città, una busta gialla con un breve messaggio all'interno del suo cortile lo mise in allarme. Il documento conteneva la seguente inquietante nota, probabilmente scritta a macchina con l'intenzione di non lasciare nulla in sospeso: "Signor Richard, mi scusi per la telefonata dell'altro giorno, lei probabilmente pensa che io sia l'assassino, ma no, voglio solo che lei sappia che non sono riuscito a dormire pensando che se dicessi quello che ho visto l'altra mattina la mia vita potrebbe essere in pericolo, a tempo debito lo dirò se non lo prenderanno prima, ma credo di sapere chi è il colpevole di tutte le morti, speriamo! Spero che lo prendano prima che io confessi chi è, ma credetemi, è una cosa che non voglio fare, perché non solo io sarei in pericolo, ma tutta la mia famiglia sarebbe esposta". Con questo strano messaggio Richard finì di leggere verso le sei e mezza di sera, mentre dalla cucina dava un'occhiata panoramica all'esterno come se pensasse: "Quel figlio di puttana sta cercando di ingannarmi, non gli credo, ma come cazzo ha fatto a sapere che vivo qui? Subito dopo è salito al piano di sopra per accedere al sistema di registrazione ftp 24/7 della sua telecamera di sicurezza che aveva proprio davanti alla porta d'ingresso e che si affacciava esattamente sulla porta del cortile dove chiunque avesse lasciato la lettera sarebbe apparso nel filmato.

Dopo alcuni minuti di analisi fotogramma per fotogramma, si è reso conto che la persona che ha portato il pacco fuori dal vialetto fino alla sua proprietà era un figlio dei vicini di Marshall, e questo gli ha detto chiaramente una cosa: che il sospetto ha usato il bambino per evitare di essere preso, perché evidentemente non c'erano telecamere sul viale principale del quartiere. Ma per sicurezza, ha richiesto un mandato per verificare la presenza di telecamere di sicurezza casa per casa nel quartiere, ma purtroppo con esito negativo.

7:45 quarto giorno di indagini

-Dirai al capo del messaggio", esclamò Logan.

-No, aspetterò. Potrebbe essere un alibi per l'assassino, però... ha giurato di non essere stato lui, ma...

-Questi psicopatici sono intelligenti, potrebbe prendersi gioco di noi, non mi fiderei di lui, ma quello che mi chiedo è: perché proprio tu? Sul caso stanno indagando anche diversi ispettori di altre corporazioni.

-Non lo so", aveva sussurrato Richard mentre passava il caffè caldo e assaggiava una ciambella al cioccolato. Secondo la dottoressa, il soggetto dei capelli trovati sul corpo ha capelli grigi alla base, e i capelli castani sono tinti, quindi secondo le sue deduzioni doveva avere tra i quarantacinque e i cinquant'anni.

-È quello che dice il rapporto", mormorò Logan alzandosi dalla sedia e andando a prendere un altro caffè. Pochi secondi dopo due donne entrarono nel piccolo bar, che sembrava completamente vuoto alle 7 del mattino, si sedettero dietro Logan e Richard, ordinarono un caffè e iniziarono a chiacchierare. All'inizio si trattava di banalità, ma poi i discorsi si sono allontanati e hanno accennato a qualcosa che ha fatto sì che entrambi i detective si guardassero con sospetto...

Ti dicevo Kira, la povera ragazza del telegiornale... non ricordo il suo nome, quella che aveva una sbarra infilata nel culo, lavorava davanti al bar dove lavoro io, e sai cosa ? - chiese la donna obesa mentre l'altra dal corpo scolpito sorrideva alla cameriera che stava per darle l'ordinazione. Poi continuò: - Non me lo dica.

-Quel giorno l'ho incontrata esattamente alla fine del ponte di Omega Street, perché sono entrato alle sette ed erano circa le

18:40 e lei era in uniforme, e poco prima di attraversare l'angolo della strada per passare la sezione del ponte dove è passata l'auto nera del telegiornale, non ci crederete!

-Santo cielo, non dirmelo", disse l'amica, un po' inorridita. Quella scena era particolarmente particolare perché i responsabili dell'indagine si trovavano lì per caso, anche se il detective Richard non voleva disturbare i due commensali al momento. Dopo la colazione, doveva fare rapporto alle due donne, alle quali non restava altra scelta che accompagnarle a rilasciare la loro dichiarazione formale al dipartimento omicidi.

Sospetto

Giorni dopo

Sebbene il reparto di investigatori, tra cui Richard, provenienti dalle diverse stazioni di polizia di Columbia, avesse messo insieme il caso e avesse alcuni elementi da considerare, l'indagine non portava a un chiaro sospetto, o meglio a nessuno in quel momento. Richard non aveva detto nulla ai suoi colleghi, se non a Logan, riguardo allo strano messaggio che era stato lasciato fuori da casa sua e che, sebbene il mittente giurasse di non essere coinvolto negli omicidi, non era affidabile nemmeno per Martel.

Fortunatamente, nelle due settimane successive non ci furono omicidi con le stesse caratteristiche in tutta la città, ma le indagini, anche se in fase di stallo, sarebbero dovute continuare.

Per questo motivo il pomeriggio del 28 novembre, settimane dopo il ritrovamento della prima vittima, si sono recati al penitenziario dello Stato di Washington, a ovest della città, per interrogare alcuni dei sospettati di omicidio arrestati nelle ultime due settimane. Hanno trovato due sospetti: uno, Ramon Rodriguez, che ha ucciso una donna e l'ha violentata, e l'altro, Daniel Robert, che ha aggredito una giovane universitaria a sud della città. Tuttavia, dopo un lungo colloquio con loro durato più di un'ora, non è emerso alcun sospetto sul loro coinvolgimento, ma nonostante ciò, per escludere la possibilità che fossero coinvolti, sono stati effettuati test del DNA sulle fibre dei capelli che sono risultati ancora negativi, per cui sono stati

"

assolti nel caso dei femminicidi di Karla Davison e delle altre vittime.

**Una settimana dopo - venerdì sera alle 20 -
Residenza Richard Martel**

Erano successe molte cose e il caso si era raffreddato in città, quindi è stato lasciato negli archivi. I detective avevano altri casi importanti da risolvere.

Ma quella sera, quando il detective arrivò a casa, qualcuno lo stava aspettando. Entrò un po' stanco della routine. Tirò la maniglia e, mentre si chiudeva la porta alle spalle, una pistola gli si posò sulla nuca e lo sconosciuto disse con tono sprezzante.

-Probabilmente penserai che sono un ladro, ma non preoccuparti, non ti farò del male, voglio solo che ti sieda sulla poltrona di fronte, senza guardarmi. - Richard fece qualche passo nel salotto di fronte a lui, poi si sedette ed esclamò:

-Dai amico! Prendi quello che vuoi o dimmi quanto vuoi? Forse hai bisogno di soldi, ma non sei obbligato a farlo, sarò felice di darteli.

-Non voglio soldi... Non sono un ladro. Sono qui per...

In quel momento Richard annuì con la testa, ascoltando senza prestare attenzione le ultime frasi pronunciate dall'uomo: era lui. Ripensandoci, ricordò lo stesso timbro di voce dell'uomo che gli aveva parlato al telefono il 12 novembre, quando era stata trovata la prima donna uccisa.

-Penso che dalla sua reazione, signor Richard, si possa capire", sussurrò lo straniero.

-Sei tu, dimmi cosa vuoi, perché sei qui? - chiese il detective, cercando di farlo ragionare e di farlo voltare. L'uomo rispose:

"No, non girarti, non ancora". Richard smise di provare e rimise la testa in avanti.

-Sono qui per dirvi quello che so, per quanto ne so sono passati più di quindici giorni, e non ho visto al telegiornale che hanno preso questo tizio, e dubito che lo faranno se non l'hanno fatto....

-Perché dici così? - chiese Martel.

-Perché è improbabile che un'accusa da parte di un semplice cittadino come me lo faccia arrestare.

-Mi dica, cosa sa dell'assassino?

-Signor Richard, so che lei è un detective della polizia, e mi creda, con qualche ricerca ho trovato il suo numero nella sezione gialla, è stato un po' complicato, ma sono stato lì tutta quella notte dopo aver visto quella scena... non ci crederà, ma...

-Parlate più forte.

-Promettimi che non sporgerai denuncia contro di me e che terrai nascosta la mia identità", disse l'uomo mentre teneva la pistola leggermente puntata contro Richard.

-Lo prometto", disse l'ispettore senza riflettere.

-Non sto scherzando, so in anticipo che molte volte lo stesso testimone di un crimine viene accusato e condannato e non voglio che lo faccia con me.

- Se è innocente, ve lo giuro. Ma a proposito, come si chiama?

-Non importa il mio nome, signor Richard. Mi dia la sua parola.

-Va bene, le do la mia parola, nessuno saprà di lei, se tutto questo è vero, sarà trattato come un testimone protetto, nessuno lo saprà, dirò solo che qualcuno mi ha informato e questo è tutto.

-Beh, così va molto meglio", borbottò lo straniero mentre prendeva una sedia accanto a sé e si sedeva, tenendo ancora in mano la pistola. -Quella mattina presto, il 12 novembre, ero di turno per sorvegliare un'area di case che sono state fermate, ma che per ovvie ragioni sono sorvegliate da vandali e invasori... l'area è alla periferia della città, il fatto è che ....

Si fermò un attimo, forse l'uomo aveva paura di dire ciò che stava per confessare, un'accusa del calibro di quella che stava per confessare poteva significare molte cose per l'uomo. Un'accusa del genere poteva mandarlo in prigione e, nel peggiore dei casi, porre fine alla sua vita. Ma dal modo in cui si passò la mano sulla testa, sicuramente trovò il coraggio di continuare.

- In quell'area non ci sono altro che magazzini abbandonati e... a mezzo chilometro di distanza iniziano i lampioni, quindi è stato piuttosto insolito che un'auto nera, una vecchia berlina, sia arrivata verso l'una di quella notte. Andava a velocità normale sull'unica strada sterrata che passa davanti al cantiere. Per esperienza, avendo fatto il turno di notte per oltre otto mesi in quella zona, in quei capannoni vandalizzati non c'è nessuno, nemmeno i vandali ci vivono, solo occasionalmente di giorno li usano per sballarsi, ma di notte nessuno. Così ho trovato abbastanza strano che una berlina fosse parcheggiata sul retro dei magazzini... Ho visto alcuni lampi di luce, ma poi si sono spenti. Non so, all'inizio ho pensato che si trattasse di giovani; sai, sesso, droga, perché c'erano una giovane donna e un ragazzo con un berretto. Dalla mia distanza di circa 300 metri potevo vedere qualcosa, non molto, ma a causa dei fari dell'area che stavo sorvegliando, illuminava qualcosa lassù, poi quel ragazzo si è accorto della mia presenza, è salito in macchina e si è diretto verso il retro dell'altra bodega, che era l'ultima, la più nascosta, attaccata a un piccolo cespuglio. In quel momento ho detto: "Stanno per fare sesso, ecco perché non vogliono estranei".

Probabilmente ero armato per non avere paura dei mori sulla costa perché se fossi stato io non sarei mai stato in un posto così pericoloso, ci sono le bande si sa, camminare sempre in posti solitari è un pericolo e con una ragazza molto di più... a quel punto ho detto; beh, fortunato io, faranno sesso stasera.... ma presto qualcosa mi fece rizzare i capelli in testa, proprio quando stavo per rifare il giro in tutta l'area di quelle case private incompiute che sono una quarantina, sentii qualcosa che mi fece cambiare idea; un urlo, e non era di piacere come ci si aspetterebbe. Un urlo che era stranamente udibile a causa del rumore nullo della città, solo la notte e gli alberi intorno. Allora mi sono detta: "Dio! Ascolta bene, quello era un rumore da; bah! deve essere il mio subconscio che associa il sesso alle urla", ma niente signor Richard. Il secondo è stato chiaro: "Aiuto!", in quel momento non ero sicuro al 100% se chiamare la polizia o andare a indagare da solo. Poiché di notte non ci sono mai vandali perché sanno che c'è la sicurezza, non ne mandano più due e io ero l'unico in servizio. Ho deciso di lasciare la zona da sola e sono uscita dalla strada secondaria che porta direttamente a questi magazzini abbandonati, che sono esattamente quattro, distanti l'uno dall'altro una quarantina di metri al massimo, e invasi dall'erba selvatica. Ho quindi preso la torcia e il manganello e mi sono diretto con cautela verso l'area in cui era finita l'auto, che non pensavo fosse molto lontana perché non c'era nessuna strada al di là, visto che era l'inizio della riserva. Quindi, pensai che qualsiasi cosa stesse succedendo non era una buona cosa, anche se a metà strada pensai che forse si trattava di una semplice lite coniugale o qualcosa del genere, ma poi....Quando ho svoltato al bivio della stretta strada sterrata che portava all'ultima bodega, l'auto era abbandonata in mezzo a dei cespugli e, come previsto, ho pensato che fossero entrati nella bodega, così mi sono avvicinato all'auto e mi sono posizionato proprio dietro a dei cespugli in attesa che uscissero di nuovo e scoprissero cosa era successo. Dopo circa venti minuti pensai che probabilmente stavano facendo sesso, così pensai di andarmene. Ma in quel momento il ragazzo uscì dall'angolo della bodega funeraria, andò alla sua auto, aprì il bagagliaio e tirò fuori una scatola di attrezzi Truper. Quel giorno c'era la luna piena, quindi era ben illuminata e si poteva facilmente distinguere un volto. E non indovinerai mai chi c'era in quella berlina nera", disse, facendo un'altra pausa. Questa volta Richard lo interruppe.

-Avanti, dimmi chi è...?

-Poi chiuse il bagagliaio e proprio in quel momento gli caddero le chiavi, andò a raccoglierle e quando lo fece il berretto nero gli cadde davanti. Quando si è rialzato al chiaro di luna ho potuto vedere il suo volto... e... ed era lui... il signor Presidente degli Stati Uniti, il signor Bill Sander..., sì è lui, l'assassino... di quelle donne", disse con una leggera interruzione della voce dovuta all'emozione che significava per l'uomo dire quelle parole. In quel momento, Richard, nonostante l'ordine dell'uomo, si girò completamente stupefatto, lo guardò negli occhi, mantenne un eterno silenzio ed esclamò.

- No, non può essere signore, è uno scherzo, giusto?

Chiamatemi Artur", disse lo sconosciuto calvo e con i capelli neri, la cui voce apparentemente virile non corrispondeva al portamento dello sconosciuto, sebbene fosse ovviamente lo stesso. A prima vista, l'uomo aveva circa 48 anni, era magro e poco minaccioso. Tuttavia, Richard sapeva bene che nella vita reale le apparenze possono ingannare e non bisogna mai lasciarsi ingannare dall'aspetto di qualcuno.

- Mi ha dato la sua parola, signor Richard, solo che questo segreto mi stava uccidendo, non riuscivo a dormire. E so che sono entrato in casa sua, ma..., era l'unico modo per dirglielo in sicurezza, e mi perdoni se sono entrato in casa sua e le ho puntato contro una pistola....

- Non si preoccupi, signor Artur", rispose il detective, alquanto costernato e allo stesso tempo incredulo per ciò che lo sconosciuto stava accusando l'uomo più potente del mondo e che nemmeno nei suoi sogni più sfrenati avrebbe creduto. E ovviamente non ci avrebbe creduto, perché aveva intuito che si trattava di un alibi del tizio di fronte a lui, che aveva ancora in mano una nove millimetri.

-Vedo sul suo volto, signor Richard, che non mi crede. Pensate che sia una bugia per farla franca, no no signore..., pensate che avrei rischiato di venire qui per niente, sapendo che potevo farmi sparare da voi? No, non sono uno sciocco. Ma là fuori quel Bill Sander è uno psicopatico e se non lo si ferma continuerà a uccidere. All'epoca, anch'io pensai che fosse tutto un errore, una mia pareidolia mentale, ma no, quando quel tizio tornò dentro quel magazzino; lo aspettai per diverse ore accovacciato sotto i cespugli .... Non avrei mai immaginato che gli avrebbe fatto del male, pensavo che volesse fare sesso con una ragazzina e basta, ma ore dopo, uscì dal retro in piedi da solo e con un grumo che si trascinava e wow, si scoprì che era la signorina Karla Davison se ricordo bene. Era un corpo umano. Lottò per qualche minuto con il peso con una calma totale nel metterlo nella parte anteriore, poi sicuramente tolse la borsa già dentro, si sentiva sicuro a guidare in quel modo. Circa due ore dalla prenotazione di cui vi ho parlato a quel centro commerciale dove l'ha lasciata quella sera. Non so chi fosse l'altra vittima quella stessa mattina, ma probabilmente l'ha fatto quella notte. Quello che vi sto dicendo è vero, era la stessa berlina nera, non sto mentendo", disse un po' più rilassato mentre calava il silenzio e nemmeno Richard, che ormai si era girato ed era seduto sulla poltrona dell'altro uomo, riusciva a crederci. Nella sua mente, era impossibile che il Presidente facesse una cosa del genere, poiché i servizi segreti glielo avrebbero impedito e non c'era modo, teoricamente secondo lui, di lasciare la Casa Bianca senza essere sorvegliati.

-La sua storia sembra credibile", osservò improvvisamente. Il suo volto sembrava più accondiscendente nei confronti del signor Artur, che a quel punto aveva già impugnato la pistola sotto la giacca. Richard avrebbe potuto facilmente arrestarlo in quel momento, perché bastava estrarre la pistola e accusarlo di tutto, ma non lo fece. Gli si avvicinò, lo guardò attentamente e gli disse: "La sua storia è inquietante, signor Artur, ma ha la mia parola che non sapranno nulla di lei. C'è solo una cosa che voglio che lei faccia.

- Cosa? -rispose il soggetto stupito.

- Per accompagnarmi sul luogo degli eventi di cui mi parla.

Artur esitò un attimo e poi annuì, in qualche modo questo gli avrebbe dato più credibilità, anche se poteva essere pericoloso anche per Richard nel caso in cui fosse stato l'alibi di Artur e lui il vero assassino. Ma Richard pensò che se avesse voluto ucciderlo lì per lì, lo avrebbe già fatto. Così quella sera si recarono nel luogo in cui si erano svolti i fatti della vittima.

È successo qualcosa

Il presidente degli Stati Uniti, Bill Sander, era diventato presidente appena un anno prima con la maggioranza dei voti a suo favore, schiacciando facilmente il suo rivale. Grazie a lui, il suo partito aveva persino ottenuto la maggioranza al Senato e alla Camera dei Rappresentanti. Il suo carisma e i suoi risultati erano tali che si diceva che avrebbe potuto essere uno dei migliori presidenti degli Stati Uniti, addirittura più di Ronald Reagan e più di Kennedy in quanto a carisma. Il Presidente aveva cinquantacinque anni quando prese il timone del Paese più potente del mondo. La sua intenzione era quella di essere rieletto, quindi stava svolgendo il suo ruolo al meglio delle sue possibilità davanti al suo popolo e al mondo. Per questo motivo ha evitato a tutti i costi di immischiarsi nelle guerre e ha risolto tutto per via diplomatica.

Per Richard credere alla confessione dello sconosciuto sembrava troppo bizzarro. La personalità tranquilla e altruista di Bill era di un altro livello. Mai nei suoi incubi più sfrenati avrebbe immaginato di uccidere delle donne, tanto meno di notte. Sua moglie Melani Lamber, quarantacinque anni, era una donna bella e gioviale e con lei formava la coppia perfetta per soddisfarlo in ogni modo. Perciò trovava difficile credere alla storia di un presidente stupratore.

La sera stessa lo straniero e Richard si recarono sul posto. E di sicuro c'era quello che aveva detto. Arrivati sul posto da una strada sterrata, si poteva scorgere in lontananza un'altra stradina sterrata che portava più in fondo, da un lato un ultimo lampione che illuminava la piccola costruzione di case incompiute dove Artur, secondo la sua confessione, faceva da "guardia". Il luogo era piuttosto ombreggiato e pieno di vegetazione selvatica ai lati. Proprio lì si trovava l'inizio della riserva naturale dell'intera Colombia occidentale. Sullo sfondo si intravedevano quattro piccoli magazzini di quattro o cinque piani ciascuno. Entrambi gli uomini vi si recarono con le lampade spente in mano e nel quarto, il più lontano dagli altri, al terzo piano, trovarono schizzi secchi di sangue dappertutto, proprio nell'angolo di una delle cantine, dove era stata coperta da foglie e cartacce.

L'uomo non aveva certo mentito. Ora si trattava solo di confermarlo, anche se aveva un piano e non avrebbe chiamato la scientifica.

-Ehi, Arthur, vorrei che mi aiutassi con una cosa", disse Richard fissando nella penombra lo sconosciuto che guardava esitante attraverso le finestre sottostanti.

-Non voglio più essere coinvolto in questa storia, detective, voglio solo andarmene, le ho detto tutto.

-Vorrei solo chiederle se continuerà a lavorare in quell'area?

-Non credo, non è conveniente, probabilmente saranno sospettosi, ma andrò in Wisconsin. E sapete, non voglio che nessuno sappia, per sicurezza, chi è stato l'informatore", ha smentito.

-Non mi succederà nulla, non si preoccupi. Beh, se non lavorerai più a causa di tutto questo, non so come pagarti, ma se vuoi venire con me a casa, ti darò qualcosa.

-No, non voglio soldi, è sufficiente che tu faccia giustizia, se puoi.

Il detective annuì, sapeva che, se fosse stato vero, sarebbe stato il caso più inquietante per ciò che rappresentava ai più alti livelli del potere, ma avrebbe comunque dovuto portarlo a termine, non poteva tirarsi indietro, la giustizia era giustizia. Salutò quello strano uomo che, sebbene non si fidasse del tutto di lui, gli aveva concesso il voto del dubbio per sicurezza. Lo lasciò in Maremont Avenue, nella zona nord della città, e poi scomparve lungo il viale tra decine di passanti. Per Richard rimaneva il dubbio se l'uomo che avrebbe potuto non rivedere mai più ne sapesse di più o fosse il colpevole, anche se la sua storia aveva delle prove, poteva anche essere un gioco, ma aveva comunque un piano.

Ufficialmente le indagini erano ferme, ma ufficiosamente avrebbe continuato con il suo amico Logan a cercare di cogliere il colpevole in flagrante. Una volta detto al suo compagno Logan, Logan rimase sbalordito e altrettanto incredulo, all'inizio rifiutò, ma pian piano si convinse quando guardò alcune foto del luogo in cui la ragazza era stata torturata. E quello che si vedeva era un altro dagli eccessivi schizzi di sangue nell'angolo vicino alla finestra sul retro, al primo piano. C'erano anche schegge di ossa ed erano chiaramente umane.

La casa di Richard Martel nelle prime ore del mattino, ore dopo

-Porca vacca, non riesco a credere a tutto questo", borbottò Logan mentre beveva un sorso d'acqua a casa di Richard Martel e chiacchieravano. -Ehi, fratello, sei sicuro che non sia una specie di scherzo di...

-Hai visto le foto, sono andata con lui. Se avesse voluto, mi avrebbe ucciso, ma non l'ha fatto e si è fidato di me. Ti ho detto tutto, quindi andremo secondo i piani. So che è rischioso, ma non c'è altro modo. Non mi interessa che sia l'uomo più potente del mondo, ma se va in giro a fare questo la pagherà.

Logan lo guardò dubbioso, come se non credesse a ciò che stava sentendo.

-Questo non quadra, non importa quante foto tu abbia scattato, non credo che il Presidente uscirebbe così dalla Casa Bianca... i servizi segreti lo fermerebbero", ha detto.

-È quello che ho pensato", rispose Martel bevendo un sorso di caffè e guardando con diffidenza verso la finestra sul retro della casa.

-Ma il presidente Bill che lo fa.... no no no no, faccio fatica a farmene una ragione, amico.

-Non si sa mai cosa si può trovare in questi casi. Ma per sicurezza, speriamo che si ripeta di nuovo, perché senza prove non possiamo accusarlo, né tantomeno dimostrarlo. I pezzi grossi ci spazzerebbero via prima ancora di provarci. Sappiamo che quando gli psicopatici pensano di avere un posto sicuro per compiere i loro misfatti lo ripetono, quindi aspetteremo l'ingresso di quell'area stanotte. Speriamo che si presenti inosservato e che possiamo fermarlo.

- Se tutto questo è vero, sono sicuro che lo farà di nuovo. Sta diventando un vizio", borbottò Logan. Era nervoso perché sapeva che poteva essere una cosa pericolosa, perché accusare il presidente anche in flagranza di reato e arrestarlo poteva essere facilmente accusato di rapimento, accusarli come colpevoli e mandarli in prigione, con il pericolo di essere accusati della morte di tutte le donne e condannati a morte. Inoltre, sarebbe stata la parola di due detective contro quella dell'uomo più potente del mondo.

Finale inaspettato

Dopo quegli incidenti Richard e Logan trascorsero circa una settimana in attesa che l'assassino, chiunque fosse, si facesse vivo con una vittima in quel luogo desolato. Nei primi giorni non ci furono risultati. Ma gli omicidi, proprio in quel lasso di tempo, continuarono con almeno un'altra donna. Una ragazza di 27 anni che stava facendo jogging vicino a Frederick Boulevard, a pochi chilometri dal luogo in cui è stata trovata la prima vittima, è stata trovata con lo stesso tono di tortura. Senza dubbio, l'esecutore era lo stesso. La stessa tipica sbarra attraverso l'ano e l'uscita dalla bocca. Ne dedussero che in quei giorni il tizio doveva avere un altro posto dove torturare, ma, fedeli a ciò che avevano e sapevano, dovevano giocare d'anticipo finché il tizio non fosse stato pronto a venire da loro.

E accadde l'impensabile. Nella tarda serata del 7 dicembre.

All'una di notte, una Chevrolet Caprice nera del 1987 iniziò a percorrere a velocità normale la strada sterrata che portava a quei magazzini e all'area della lottizzazione dove erano fermi i lavori. La zona era lontana dalla periferia, quindi piuttosto solitaria e il sottobosco era fuori controllo. La società Luvion Constructions, che aveva iniziato la lottizzazione e l'aveva abbandonata, aveva interrotto i lavori da più di un anno e sembrava che ne sarebbero seguiti altri a causa di problemi legali con il terreno. La riserva federale era a soli 100 metri dall'inizio, divisa da 100 metri di cespugli e vegetazione selvaggia. I poliziotti Logan e Richard aspettavano in macchina tra il fogliame sull'altro lato della strada. Proprio sull'autostrada federale, di fronte alla strada sterrata secondaria che conduceva a quella zona. Avrebbero mantenuto le distanze in modo che il tizio che si dirigeva in quella direzione non avesse scampo e che loro potessero fermarlo sul posto e, se possibile, con delle prove filmate. Passarono diversi minuti a luci spente finché la Chevrolet non si perse davanti a loro. Dopo di che, anche loro iniziarono a percorrere la strada sterrata. Non passarono più di cinque minuti sulla strada piuttosto accidentata prima che si fermassero esattamente dove avrebbe dovuto esserci una guardia. Ma a quanto pare la compagnia aveva smesso di sorvegliare quell'area, poiché non c'era traccia di alcuna guardia. Per non attirare l'attenzione, lasciarono l'auto lì e si diressero con cautela verso il retro della lottizzazione per uscire attraverso il retro degli edifici, dove avrebbero proseguito dritti fino al numero quattro, che probabilmente era il luogo in cui si trovava la Chevrolet. E di sicuro la Chevrolet era parcheggiata esattamente come gli aveva detto lo sconosciuto. Si avvicinarono il più possibile, facendo attenzione a non essere visti da nessuna delle finestre del secondo o terzo piano. Si avvicinarono il più possibile al sottobosco, a non più di tre metri di distanza. Si accorsero che nell'auto non c'era nessuno. Erano già all'interno di chiunque accompagnasse il soggetto o i soggetti.

- Che nervi", sussurrò Logan esitante, il suo volto mostrava la paura di ciò che avrebbero potuto trovare lì dentro.

- Non so se la storia dell'uomo che mi ha raccontato tutto sia vera, ma dobbiamo entrare", disse Richard, ribadendo che non avrebbero raccontato a nessuno dell'incontro con lo sconosciuto. - Sai Tom, se lo prendiamo diremo che un tizio ci ha telefonato e ci ha detto il posto, e sai il resto".

Logan annuì un po' nervosamente mentre estraeva la sua pistola a nove millimetri, Richard fece lo stesso e con passi decisi iniziarono ad avvicinarsi al piccolo edificio del magazzino. A prima vista c'era solo un ingresso sul davanti e probabilmente un altro sul retro. Ma notarono subito che le porte metalliche anteriori erano completamente sigillate da vecchie saldature, così fecero il giro del retro. All'inizio del primo piano era tutto buio. Non c'erano rumori al primo piano, tutto era tranquillo. Ma chi era entrato doveva trovarsi ai piani superiori. Tuttavia, cominciarono lentamente a sbirciare e a muovere i primi passi all'interno. Al primo piano non c'era nulla, solo spazzatura. Non volevano far brillare le loro lampade sul posto, nel caso ce ne fossero altre e li mettessero in allarme, ma c'era una certa incertezza e paura nell'aria. Non sapevano se l'assassino fosse armato, ma era chiaramente pericoloso, e molto probabilmente lo era, quindi dovevano stare attenti.

Raggiunsero il centro dell'edificio, proprio dove iniziavano le scale metalliche che portavano al primo piano. In quel momento, un rumore li mise in allarme. Era come se qualcuno stesse martellando qualcosa al secondo livello. Logan, un po' allarmato, sussurrò in quel momento;

-Pensi che questo...? - Richard non disse nulla e iniziò lentamente a salire le scale, che dal basso sembravano al massimo venti gradini di cemento con bordi di metallo. Deglutì a fatica e cominciò a muoversi con cautela, cercando di fare meno rumore possibile. Sapeva che chiunque fosse in cima non aveva scampo, o moriva lì o veniva fermato. Non avrebbe esitato a sparare se fossero stati attaccati. L'intenzione era quella di fare giustizia come prevedeva la legge. Se si fosse trattato di un qualsiasi altro criminale, sarebbe stato giustiziato lì. Ma questo caso era molto mediatico e dovevano arrestare chiunque fosse per lasciare psicologicamente un messaggio di sicurezza alla città.

Proprio quando stava per superare la metà delle scale, il martellamento si fermò. Entrambi i loro cuori ebbero un sussulto, già accelerati dalla situazione che si era venuta a creare. Sapevano che qualcuno si stava muovendo al piano di sopra. Poi ci fu il rumore di una sbarra di metallo e di alcuni attrezzi, ma non c'era alcun suono umano che indicasse che c'erano altre persone con il soggetto. Richard temeva ormai il peggio: che fosse troppo tardi e che la vittima fosse morta. Così, con un po' di coraggio in più, iniziò a salire il gradino successivo. E quando un minuto dopo lo raggiunse, quasi in fondo, guardò in alto. Un uomo con un berretto nero, completamente girato di spalle, era in piedi nel buio pesto e stava facendo una manovra, proprio sopra un cadavere femminile che si intravedeva grazie alla luce della luna che colpiva frontalmente la finestra, illuminando la scena in modo lurido. L'uomo dal mantello nero si accorse dei visitatori grazie alle ombre allungate riflesse sul pavimento dalla luce satellitare. Non si voltò di colpo, ma si bloccò per un attimo. In quel momento Richard gridò con autorità:

-Non muoverti, metti le mani dove posso vederle", urlò Richard in tono deciso mentre puntava la pistola alla testa dell'uomo vestito completamente di nero. Logan si guardò intorno nella stanza nella penombra, nel caso in cui ci fossero altri uomini negli angoli, e quando fu sicuro che non c'era nessun altro, disse passivamente pochi secondi dopo:

- Alziamo le mani.

Il ragazzo lo ignorò, ma non cercò nemmeno di scappare. Chiaramente sapeva di essere nei guai. Dopo essere rimasto immobile per qualche secondo, disse con voce roca:

-Venite agenti, non rendete le cose più difficili, quanti soldi volete?

Immediatamente Richard disse. -Dovrò sparare se non ti identifichi e non alzi le mani... girati con le mani in alto.

Ma appena udito quell'ordine, alzò le mani, si tolse il berretto e disse a se stesso in tono basso, ma con aria boriosa: - Sono il presidente degli Stati Uniti, il signor Bill Sander, e li guardò negli occhi con un'espressione che non aveva nulla a che vedere con quel presidente nobile e quasi anziano che nei suoi discorsi proiettava serenità ed empatia verso tutti. Li ha guardati per qualche secondo e ha sorriso come uno psicopatico sanguinario, mentre il sangue fresco che colava dalle sue mani sul pavimento aumentava l'orrore della scena. Alle sue spalle giaceva il corpo femminile non vestito di una donna di non più di trent'anni, completamente violato e torturato, e la scena mostrava solo il preludio mentre lui stava per inserire l'asta metallica nel suo ano mentre la ragazza era nella posizione sessuale della pecorina.

Richard rimase sbalordito nel vederlo faccia a faccia. Non riusciva a crederci. Sembrava un sogno. Era impensabile che il capo dell'esecutivo facesse una cosa del genere, persino che vi assistesse. Ma poi il Presidente disse.

-Sono il loro capo, non possono fermarmi, sanno che se voglio posso chiamare i servizi segreti e accusarli", rispose cinicamente. Logan guardò il suo compagno con timore ed esclamò a bassa voce: "Ehi Richard, ha il potere, è un pericolo fermarlo, andiamocene da qui".

-.... Non mi interessa se è il presidente... è un bastardo malato di sesso... altrimenti... lo fermerò.

-Sono un avvocato prima di essere presidente e se ti accuso, potresti passare il resto della tua vita in una cella, o essere ucciso qui dai miei ragazzi... Mi basta prendere il telefono nella mia borsa e dire che sono stato rapito da due agenti che portavano una ragazza e che i colpevoli sono loro. Pensano di poter affrontare l'uomo più potente del mondo", ribattei cinicamente, mentre sfoderavo un sorriso nervoso, ma ancora del tutto privo di aspettative.

-Se abbassi le mani su Bill per prendere il tuo telefono, ti sparo, nessuno è al di sopra della legge, nemmeno tu, quindi sarai consegnato alla giustizia.

Dopo aver visto che Richard non cedeva né per soldi né per una posizione migliore proposta dal capo, gridò in tono furioso: "Stronzi... vedo che non volete collaborare, bene.

Il Presidente sapeva che, anche per quanto potente fosse, c'erano cose che non poteva spiegare e che il suo alibi poteva andare fuori controllo se i media lo avessero scoperto. Così, in preda alla disperazione, pensò che la sua intera carriera politica e personale sarebbe crollata e che sarebbe passato dall'essere irreprensibile a un malvagio assassino di donne. Pertanto, divenne brutalmente disperato.

-Perché l'ha fatto? -chiese improvvisamente Richard.

-Il Presidente gli lanciò un'occhiata fugace, poi abbassò la testa, come rassegnato. A questo punto pensava di poter giocare l'ultima carta e provare a fare la telefonata, e forse i suoi ragazzi sarebbero arrivati e avrebbero ucciso i due ispettori, il problema era se glielo avessero permesso.

-Ispettore, vedo che lei è onesto e corretto, complimenti! -Poi fece una pausa e, mentre stava per avvicinarsi a Logan per ammanettarlo, gridò:

-Aspetta, aspetta, va bene, collaborerò, ma..." disse, fece una piccola pausa e confessò. - L'ho fatto per odio... provo un odio per loro, non so come spiegarlo, il demone arriva di notte, si impossessa della mia mente... e sapevo che era difficile essere presidente e andare fino in fondo.

-Cosa? - hanno detto entrambi i detective in coro, la confessione senza dubbio dice molto sui suoi macabri piani e anche sul suo passato.

— Vuoi dire che non sono gli unici che hai ucciso in Colombia, hai...

Il Presidente lo ha interrotto - sì.

-Da quando? - chiese il detective.

Non lo so... credo da quando sono diventato avvocato, circa... ventisei anni fa.

Quella risposta li bloccò entrambi.

-Quanti ne ha uccisi? - chiese esitante Logan.

-Non lo so, fate i conti", rispose freddo e cinico. Forse quella era la sua vera personalità che non mostrava al pubblico, ed era tutta un'illusione della sua mitomania. -Sa, alla mia matrigna da bambino piaceva umiliarmi e torturarmi a modo suo, e forse... È stato qualcosa che ha scatenato tutto questo in me, non lo so, ma non è una cosa a cui penso molto. Mi piace farlo, puoi vedere quella troia. -Indicò il retro dove si poteva vedere un corpo appena visibile. -Diventa un vizio, e sì, nonostante il mio odio per loro ne abuso per compensare il mio odio, è l'unico modo per calmarmi, è come una droga....

-Ma perché fino ad ora, signor Bill? Voglio dire, lei viveva in Illinois, e per quanto ne so non ci sono mai stati femminicidi di questa natura... lei è in carica da quasi due anni e questa è la prima volta che vedo omicidi di questo tipo in Columbia...

Non rispose per qualche secondo, poi disse: "Nell'Illinois era molto più facile. Quando volevo diventare presidente ispettore, ho pensato di lasciare questa psicopatia. Ma lo so bene, so che questa cosa che ho è qualcosa di impossibile da resistere, umanamente non posso. Non sai quante volte ho cercato di non uccidere, ma... è un sentimento di odio ingovernabile", disse, alzando la voce e portando una mano in alto, strofinandosi il viso come in preda alla disperazione, poi passandosela tra i capelli. E le tenne lì, come gli era stato ordinato.

- In Illinois le ha seppellite, nelle piccole contee fuori dalla città di Springfield, sapete, belle ragazze giovani, e in tutti questi decenni non hanno mai sospettato.

-Sei un mostro! Non ho nemmeno una definizione per te", rispose costernato il capo detective.

- Non sto cercando quell'ispettore, né tantomeno la sua approvazione, ma sa... va bene, verrò con lei, questo è tutto quello che dirò per oggi, l'intera dichiarazione che farò davanti al giudice.

- Signor Bill, tutto ciò che dirà d'ora in poi sarà usato a favore o contro di lei, quindi tenga le mani in alto. Chiameremo la polizia e la scientifica. Lei è in arresto per il presunto omicidio di una persona che fa da sfondo e per la morte di altri sospetti", ha detto l'ispettore avvicinandosi a lui. Ma tre metri prima che lo raggiungesse, il presidente ha detto con voce alta. - Aspetti un attimo, c'è un'altra persona.

Richard si fermò un attimo a riflettere e chiese senza pensare. - Chi era?

- Il capo dei servizi segreti. Probabilmente è lui che gli ha dato le informazioni, è un maledetto traditore.

Richard pensò ad Artur. - Artur non era una guardia allora, era quello giusto".

- Probabilmente ha parlato con te e te l'ha detto. Sarò sincera, mi aspettavo un tradimento da parte di qualcuno, ma da lui meno. Le dirò che anche lui era coinvolto nella prima vittima. Forse gli ha dato dei rimorsi di coscienza e..., ma sa, - proseguì con una calma straordinaria per un tale senso di colpa che anche il detective rimase sbalordito. E per quello che stava per succedere, sembrava abbastanza tranquillo.

-Il capo dei servizi segreti si chiama Ron Brown, e glielo proposi sotto minaccia, ma poi accettò volentieri. Gli ho dato diverse migliaia di dollari al mese, così mi ha permesso di lasciare la Casa Bianca senza essere scoperto da altri. Mi ha fornito diverse auto, attrezzi. E anche posti. Veniva sempre con me, beh, andava in un'altra macchina a guardarmi le spalle, sa, c'è sempre un pericolo in una città così grande. Quindi probabilmente gli ha parlato di questo posto.

Richard rabbrividì, poiché aveva sospettato fin dall'inizio che questo tizio stesse tramando qualcosa, e chiaramente anche lui era coinvolto.

- Beh, signor Richard, mia moglie è l'unica cosa che rimpiango per la sofferenza che le causerò. Per fortuna non abbiamo mai avuto figli che soffrissero per quello che sta per accadere. Bene, allora detective...

Mentre giaceva rassegnato e sconfitto, Bill Sander corse direttamente verso la grande finestra non protetta alle sue spalle e si gettò nel vuoto. Richard non riuscì a fermarlo, ma chiamò immediatamente la polizia, che arrivò sul posto.

Quando i due detective arrivarono al piano di sotto, il corpo del Presidente giaceva a terra senza segni vitali. Avrebbero potuto essere incriminati se non ci fossero state prove, ma fortunatamente la prova comparativa del DNA trovata sul corpo delle prime vittime corrispondeva ai capelli di Bill Sander, oltre alle molteplici impronte digitali trovate in tutta l'area in cui aveva torturato i corpi di diverse vittime, più la prova convincente di tracce di sperma fresco sull'ultima vittima. Ron Brown, che gli aveva rivelato tutto e che si era spacciato per Artur per Richard, fu arrestato settimane dopo e condannato all'ergastolo per il coinvolgimento e lo stupro di Karla Davison, anche se si dichiarò colpevole del crimine e alcune tracce di DNA furono successivamente scoperte nella cantina.

Il rifiuto, l'ondata di disgusto e repulsione nei confronti della figura presidenziale non si è fatta attendere. È chiaro che si è trattato di un evento storico per una figura presidenziale e politica del mondo. Richard è stato decorato come procuratore di sicurezza per lo stato di Washington per il suo grande lavoro nel servizio pubblico e per aver risolto il crimine dello straniero, come il caso era stato originariamente chiamato.

Qualche giorno dopo Richard stava attraversando lo stato del Texas con la sua Camaro del 1988. Stava sfrecciando su quella strada solitaria, la radio trasmetteva "The Everybody Hurts" dei R.E.M. Mentre canticchiava la canzone, all'improvviso in lontananza vide una ragazza che faceva l'autostop, guardò nello specchietto retrovisore e fece un piccolo sorriso, poi fu pronto a fermarsi. La ragazza aveva i capelli biondi e un grande sorriso, quindi sarebbe stato un bel viaggio fino a Houston, dove era la sua destinazione, pensò.

Notizie Houston Texas 12 ore dopo 9 am

In altre notizie, una giovane donna è stata trovata uccisa tra i cespugli, il suo corpo è stato violentato e brutalmente torturato, la polizia ritiene che si tratti di un caso di traffico di esseri umani, le indagini iniziano...

Inseguiti

-È per questo che ti avevo detto, Tom, che non mi piacciono le escursioni in paesi lontani dalla civiltà, ma non hai ascoltato, eh! Eri testardo nel voler venire qui...

-Puoi chiudere quella dannata bocca, Ale, rispose Tom tra i denti, mentre si stringeva sempre di più tra quella vegetazione e quelle malve.

Tom e Ale si erano sposati cinque anni fa e, a causa di una crisi nel loro matrimonio, lui aveva proposto di trascorrere più tempo insieme, quindi nelle ultime settimane avevano esplorato luoghi vicini alla loro Oregon nativa. Ma la scorsa settimana aveva deciso di prendersi una pausa per riconciliarsi meglio, così aveva prenotato un viaggio in Francia nell'est della regione di Renier, dove c'era un piccolo paesino praticamente abbandonato, ma circondato da splendide foreste e bellissimi laghi. Che posto migliore per rinnovare l'amore?

Tom era un avvocato di 35 anni della zona est di Portland e, quando aveva conosciuto Ale, 10 anni più giovane di lui, era rimasto completamente affascinato. Ma come accade in quasi tutti i matrimoni, la routine tende a spegnere quella scintilla se non si fa nulla. I sogni di entrambi erano stati infranti perché Ale voleva avere tre bellissimi figli, ma Tom aveva sempre posto dei problemi a causa del lavoro. Voleva godersi di più il tempo da coppia prima di avere figli, ma questo li aveva separati gradualmente al punto che l'anno scorso erano quasi arrivati al divorzio. Tra litigi e scarso interesse da parte di lui, Ale aveva deciso qualche settimana fa di separarsi. Così, con la paura di perderla, Tom aveva deciso di pianificare tutte quelle uscite in coppia per cercare di salvare il loro fragile matrimonio. Incredibilmente, sembrava che le ultime settimane lontano dal lavoro e dal trambusto della città stessero dando risultati, soprattutto quando le aveva comunicato che sarebbero andati in Francia.

Ma sono passati un paio di giorni da allora e ora la nostra amata coppia si trova in una situazione un po' strana.

-Sei tu che volevi dei figli, ma sai cosa significa? Più spese, più...

-Taci, vigliacco, lo interruppe sussurrando, -se avessi saputo di tutto ciò, non mi sarei mai sposata con te. Sai a cosa servono i matrimoni, eh?

Tom non rispose, i suoi occhi vagavano da un luogo all'altro come se cercassero di vedere sotto i sentieri di quella zona boscosa. Poi lei continuò.

-I matrimoni servono per avere figli o fare cose insieme, ma tu hai solo lavorato e lavorato, ma per...

-Ci troveranno, calmati! Questo non è il momento per queste discussioni, Ale.

-Cosa importa, eh? rispose lei con tono sarcastico.

-Non è così facile avere figli, Ale, e lo sai, comportano molte cose, aggiunse semplicemente, non che gli importasse di quel tema in quel momento, ma conoscendo Ale e la sua paranoica e le sue crisi di nervi, era capace di fare una scenata lì e farli scoprire.

-Sai, Jada, quella che era con me alle superiori, ha appena avuto il suo terzo figlio e suo marito sa come assecondarla. Avessi mai incontrato un uomo del genere!

Questa volta Tom non disse nulla, rimase semplicemente in silenzio, perché l'importante in quel momento era uscire da quel luogo in qualsiasi modo possibile.

Da un momento all'altro, qualcosa si sentì avvicinare da lontano. In quel momento, Ale si rese conto nuovamente che quella non era un sogno, ma qualcosa di totalmente reale. E discutere di questioni di coppia e simili non era importante in quei minuti. L'importante lì era la loro sicurezza.

-Scusami Tom, ho paura - le disse improvvisamente. Tom si girò per guardarla frettolosamente, lei si avvicinò e lo abbracciò, lui ancora un po' irritato, cercò di dissipare la sua rabbia come poteva e la abbracciò a sua volta con una mano.

-Cosa vogliono da noi, Tom? Io... - non riuscì a finire quella frase quando lui le chiuse la bocca con una mano.

-Shhhh, non muoverti - sussurrò quasi tra i denti Tom. Poi gli indicò con lo sguardo sotto alcuni alberi, a circa quindici metri di distanza e coperti di vegetazione.

-Santo cielo! Chi sono? Tom, non voglio... - balbettò, per poi continuare - Sono gli stessi che ci hanno inseguìti sulla strada, vero?

-Silenzio Ale, non muoverti - le ordinò suo marito. Ale si coprì la bocca con le mani per evitare di emettere un grido di panico.

Era che sotto di loro c'erano quattro individui, ognuno con un'ascia in mano, e indossavano una sorta di maschere fatte artigianalmente a forma di corvo, come se fossero fatte di pelle di qualche strana creatura. Gli individui muovevano la testa in tutte le direzioni, cercando di trovarli.

Di fronte a quella prospettiva, Tom e Ale rimasero immobili per alcuni minuti, finché quegli individui sembrarono allontanarsi dal luogo.

-Sta facendosi buio, amore, dobbiamo andare - disse Ale dopo un'ora di silenzio.

-Sembra siano andati via - rispose suo marito, un po' pensieroso, perché non voleva morire. La verità era che Tom non aveva mai detto a sua moglie il motivo per cui non voleva avere figli. E il motivo principale era che era sterile. Quando le promise figli e tutte quelle cose durante il breve fidanzamento che ebbero, glielo disse perché la amava e non voleva perderla a causa di Lucas, un imprenditore che la corteggiava in quegli anni.

Tom si alzò leggermente da terra, guardò velocemente in tutte le direzioni e disse:

Aspettiamo una ventina di minuti finché la luce si nasconde completamente e cammineremo verso il basso, forse raggiungeremo un paese vicino a questa zona.

-Tesoro, se solo potessimo raggiungere la macchina, lì c'era la mappa - rispose Ale. Ovviamente stava parlando ipoteticamente.

Tom scosse la testa - sarebbe un suicidio... l'unico modo per uscirne vivi è camminare lungo il fiume verso il basso. Sua moglie annuì.

Entrambi erano arrivati in quel paesino abbandonato tra virgolette tramite un annuncio su internet, poiché delle duecento casette che si estendevano per un chilometro, quasi tutte erano abbandonate e consumate dal tempo, tranne un piccolo hotel ancora in funzione, che era l'unico punto in cui i pochi turisti che vi passavano al mese di solito trascorrevano le notti. L'hotel era composto da sei vecchie stanze. Il responsabile era un vecchio con un solo occhio, sua moglie anziana e una figlia muta. I primi due giorni li avevano trascorsi esplorando i dintorni, specialmente i bellissimi laghi cristallini, e solo il terzo giorno avevano deciso di esplorare le montagne boscose di quel paradiso.

Ma qualcosa accadde quella notte del 3 ottobre. Che trasformò il loro viaggio in un incubo.

Dopo un po' di tempo, la coppia iniziò a scendere a valle in direzione di un fiume che distava forse al massimo un chilometro. Camminavano a passo sicuro e veloce. Tom aveva una roccia nella mano sinistra e un pezzo di legno nella mano destra, pronto a colpire chiunque si frapponesse sul loro cammino. Attraversarono la vegetazione con attenzione, cercando di non fare rumore né attirare l'attenzione nel caso in cui quei maledetti individui fossero in zona...

"Almeno la luna è alta, altrimenti non potremmo camminare", sussurrò Ale di lato. Tom la sentì, ma non disse niente, era concentrato davanti a sé. Dopo un po', finalmente arrivarono al fiume e lo attraversarono senza esitazioni. Non era il momento di preoccuparsi di bagnarsi i vestiti, in ogni caso il clima era piacevole e l'umidità, al contrario, li aiutava.

Camminarono senza sosta per ore, finché, già molto presto al mattino e completamente esausti, riuscirono finalmente a vedere due piccole case in lontananza. Entrambi furono estremamente felici, avevano camminato almeno trenta chilometri e avevano riposato solo un paio d'ore durante tutta la notte; quella era un'ottima notizia.

"Lo vedi, amore mio?" esclamò Tom pieno di gioia. Lei lo guardò negli occhi e gli diede un grande abbraccio. In quella situazione era la cosa migliore che potessero fare.

Senza perdere tempo, cominciarono a correre per arrivare il prima possibile. E nelle loro menti, quell'esperienza li aveva uniti in qualche modo, poiché nonostante le costanti critiche di lei verso di lui, lui non l'aveva mai abbandonata in quel luogo, e quello aveva profondamente colpito Ale, che iniziò ad amarlo molto di più. Quando si avvicinarono finalmente alla casa di adobe più vicina, non si preoccuparono di suonare. Sembrava che in quella casa si alzassero molto presto, forse erano le quattro del mattino e il fumo del camino si vedeva già da lontano.

"Ciao ciao, c'è qualcuno qui?" gridò un po' forte Tom, seguito da Ale e entrambi ancora. Ma non ricevettero risposta. Senza perdere tempo, camminarono una decina di metri verso la casa successiva e il risultato fu lo stesso, sebbene bisogni dire che la seconda casa era completamente buia, quindi tornarono alla casa da cui usciva fumo dal camino. Dopo qualche minuto, un po' disperati, Tom girò la maniglia della porta, sentendosi abbastanza sicuro da aprirla. Tanto valeva, persi nel nulla e dopo essersi salvati da quei maledetti pazzi, aprire una porta non faceva differenza.

"Cosa stai facendo, amore?"

"Probabilmente se ne sono andati a lavorare", rispose Tom.

In realtà, quella casa non era molto grande, a giudicare da tre stanze rustiche e una cucina. Aprì leggermente la vecchia porta di legno e mise un piede dentro. Quando guardò a sinistra rimase completamente sbalordito, non poteva crederci: dentro c'erano due corpi smembrati su un'enorme vecchia tavola di legno. Tom rimase paralizzato, Ale lo notò e gli chiese:

"Cosa succede, amore? Perché non entri? Cosa stai guardando?" Allora lui si voltò terrorizzato e disse a malapena con una voce che usciva dalla sua gola, guardandola con gli occhi sbarrati per la sorpresa. "Sono qui. Quando finì di dire ciò, intorno a quelle case si avvicinò un pugno di individui, tutti con le maschere della notte precedente, ma questa volta erano almeno quindici.

Entrambi iniziarono ad abbracciarsi forte. Tom capì tutto in quel momento, che lì era la fine. Non c'era modo di combattere contro quella situazione. Dopo qualche istante, uno di quegli individui, il più piccolo, si fermò a circa otto metri da loro e si tolse lentamente la maschera da corvo. Allora, per la sorpresa di entrambi, fu incredibile: davanti a loro c'era l'oste dell'hotel.

"Perché fai questo, signore? Cosa ti abbiamo fatto?" il vecchio con un solo occhio si voltò verso gli uomini che erano con lui e poi iniziò a ridere a crepapelle, per poi pronunciare: "Non è niente di personale, ma la carne è buona..."

Citazione

"Nel buio della notte, un silenzio agghiacciante attanaglia il quartiere. Le strade deserte diventano il palcoscenico di una danza macabra. Nell'ombra si annida un serial killer assetato di sangue, il cui nome e il cui volto sono un enigma per tutti. Furtivo e calcolatore, l'assassino pedina le sue vittime, scegliendo con cura quelle che meno sospettano il loro terribile destino. I suoi passi seguono una sinistra coreografia, inseguendo le sue prede con la certezza che nessuno sarà al sicuro. Le autorità sono sconcertate, incapaci di scoprire l'identità del mostro che si cela nell'oscurità. Nel frattempo, la città sprofonda nel terrore, ogni angolo diventa una trappola mortale e ogni sguardo nasconde un pericolo. Gli abitanti vivono nella paura, senza sapere quando e dove avverrà il prossimo attacco. In questa macabra danza di sangue e orrore, tutti si chiedono chi sarà il prossimo a cadere nelle grinfie del serial killer senza volto, sprofondando in un terrore implacabile che non dà tregua".

Fin
Gian Marcos